KB188022

학교가 즐거운
일주일 일기 쓰기

학교가 즐거운
일주일 일기 쓰기

글 김숙진 ★ 그림 최선혜

노란상상

일기가 뭐야?

어린이 여러분 안녕?

이제부터 여러분을 일기의 세계로 안내할 거야.

일기는 매일매일 나의 생활을 기록하는 것이지만, 사실 일기 속에는 수많은 비밀이 숨어 있어. 나는 너희에게 그것을 알려 주고 싶어.

일기의 세계로 가기 전, 너희에게 꼭 들려주고 싶은 이야기가 있어.

일기가 무엇인지, 일기를 왜 써야 하는 것인지에 대한 이야기야.

전쟁에 나가는 사람이 누구를 위해 왜 싸워야 하는지도 모른다면 정말 답답하겠지? 마찬가지로 일기의 세계를 탐험하려면 일기가 무엇인지, 왜 써야 하는지 정도는 아는 게 좋아.

우선 일기는 '날 일□' 자와 '기록할 기□' 자로 이루어진 말이야.

그러니까 하루를 기록한다는 뜻이지.

일기는 하루를 기록하는 글이니까 솔직하게 써야 해.

꾸며 낸 이야기를 쓰거나 생각과 다른 이야기를 써도 안 돼.

일기는 진실만을 적어야 하는 거야.

그렇다면 일기는 왜 쓸까?

일기를 써야 하는 이유를 설명하기 전에 우선, 일기를 쓰면 좋은 점을 이야기해 줄게.

하루 일과를 마치고 잠자리에 들기 전에 일기장을 펼쳐.

그리고 오늘 하루 내게 어떤 일이 일어났는지, 내가 했던 말과 행동은 올바른 것이었는지 생각해 봐.

오늘 했던 실수를 또다시 하지 않으려면 어떻게 해야 하는지도 생각해 보고.

자, 눈치가 빠른 친구라면 이제 일기가 왜 좋은지 알아챘을 거야.

그래, 일기를 쓰면 나 자신을 돌아볼 수 있게 돼.

같은 실수는 두 번 다시 하지 않게 되지.

매일매일 내 행동을 되돌아보기 때문에 나를 바로 알게 되는 거야.

참, 일기가 얼마나 중요하면 우리나라 국보에 일기가 있대.

바로 국보 제 76호로 지정된 이순신 장군이 쓴 《난중일기》야.

또 세계적으로 유명한 《안네의 일기》도 있어.

안네는 독일에서 살았던 소녀야.

안네가 일기를 쓰던 그때, 독일에서는 히틀러라는 무시무시한 독재자가 사람들을 마구 죽였어.

늘 감옥과 같은 집에 갇혀 지내던 안내는 일기장을 친구 삼아 매일매일 기록을 했어.

훗날 그 일기장은 많은 사람들에게 읽히고 있어. 사람들은 안네의 일기를 읽으며 그때의 끔찍한 역사를 알게 되었어.

너희 중에는 일기를 그냥 시시한 생활 기록이라고 생각하는 친구도 있을 거야.

하지만 일기가 국보로까지 지정되었다는 이야기를 들은 뒤에는 생각이 바뀌었을 거야.

자, 그렇다면 일기를 왜 써야 하는지 답이 나왔네.

나는 너희에게 이렇게 말해 주고 싶어.

'일기는 바로 너의 역사야.'

너의 역사가 어떤 이야기로 기록될지는 바로 너의 손에 달려 있어.

또 아니? 멋진 생활을 기록한 너희의 일기장 중 하나가 훗날 국보로 지정될지 말이야.

그래서 전 세계 사람들에게 읽히게 될지 말이야.

자, 그럼 이제 본격적으로 일기의 세계로 들어가 볼까? 일기의 세계에 숨은 비밀이 무엇인지 찾으러 가 보자, 출발!

1장 일요일은 계획 일기

2장 월요일은 생활 일기

3장 화요일은 동시 일기

4장 수요일은 환경 일기

5장 목요일은 독서 일기

6장 금요일은 편지 일기

7장 토요일은 견학 일기

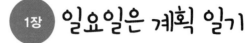

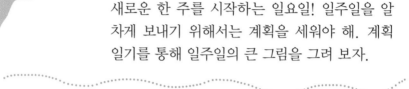

한눈에 보는 일주일 일기 쓰기

1장 일요일은 계획 일기

새로운 한 주를 시작하는 일요일! 일주일을 알차게 보내기 위해서는 계획을 세워야 해. 계획 일기를 통해 일주일의 큰 그림을 그려 보자.

2장 월요일은 생활 일기

매일매일 똑같고 지루하게 느껴지는 나의 하루 중에서 특별한 한 가지를 찾아내 일기로 써 보자. 생활 일기를 쓰다 보면 생활문 쓰기도 걱정 없겠지?

3장 화요일은 동시 일기

일상에서 시어를 찾아내고, 시 쓰기에 필요한 다양한 방법을 배워 보자. 동시 일기를 통해 생동감 넘치는 글쓰기를 할 수 있을 거야.

4장 수요일은 환경 일기

우리의 주변을 둘러싸고 있는 환경을 보호하고 지키는 일이 얼마나 중요한지, 우리가 할 수 있는 일은 무엇이 있는지, 환경 일기를 통해 생각해 보자.

5장 목요일은 독서 일기

다른 사람의 지식을 내 것으로 만드는 가장 쉬운 방법은 바로 독서! 올바른 독서법과 독서 일기를 쓰는 방법을 알아보자. 이제 독서록뿐만 아니라 독후감 쓰기도 문제없어.

 6장 금요일은 편지 일기

자신의 생각을 표현하고 마음을 전하는 데는 편지만 한 게 없어. 편지 일기를 통해 스스로를 되돌아보는 시간을 가져 보자.

7장 토요일은 견학 일기

우리가 보고 느낀 것을 오래도록 머릿속에 남겨 두기 위해, 육하원칙에 따라 견학 일기를 쓰는 법을 배워 보자.

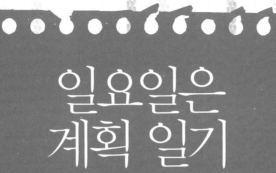

일요일은
계획 일기

일주일을 알차게 보내기 위해서는
계획 일기를 써야 해.
계획 일기는 바로 너희의 일주일을
안내하는 내비게이션과 같기 때문이야.

학교가 즐거운 일주일 일기 쓰기

01 만날 일요일만 있는 세상

신 나는 일요일이구나. 학교에 가지 않아도 되고, 학원도 쉬는 날. 완전 휴일!

그래서 일요일은 늘 즐겁고 설레잖아. 또 늘어지게 늦잠도 잘 수 있으니 말이야.

온 가족이 거실에 모여 하루 종일 왼쪽으로 뒹굴, 오른쪽으로 뒹굴, 공이 되어서 뒹굴뒹굴 굴러다녀도 부담 없는 날, 바로 일요일이 잖아.

그래서 어떤 친구들은 이렇게 생각하기도 할 거야.

'만날 일요일이면 얼마나 좋을까?'

하지만 말이야. 일주일이 일요일만 있지 않고 월화수목금토일, 이렇게 각각 다른 요일로 되어 있는 건 그럴 만한 이유가 있어서일 거야.

만날 일요일만 있다면, 아마 너희는 너무너무 지루해서 한 달도
못 가 "원래대로 돌려놔 주세요!"라고 빌게 될 거야.
무지개가 일곱 가지 색이어서 예쁜 것처럼, 일주일이 칠 일이어서
즐겁다고 하면 이해가 되니?
안 되면 할 수 없고.

그런데 일요일은 그냥 뒹굴뒹굴 굴러다니는 날이 아니야.
일주일의 시작이지.
내 말에 이렇게 이야기하고 싶은 친구들이 있을지도 모르겠다.
"일주일의 시작은 월요일이잖아요! 일요일이 시작이라는 증거를
대세요, 증거를!"
너희 혹시 달력을 자세히 살펴본 적 있니? 달력을 보면 일요일이
맨 처음에 있는 걸 볼 수 있을 거야. 이게 바로 그 증거란다.
그러니 일요일에는 꼭 해야 할 게 있어. 바로 일주일의 계획을 세
우는 거야.
계획이라고 하니까 또 머리가 지끈거리지?

하지만 계획을 세우는 거 하나도 어렵지 않아. 거실을 한 번 뒹굴 때마다 생각을 하나씩 하는 거야.

'금요일에 철이랑 싸웠는데, 월요일부터는 친하게 지내야지.'

'수요일에는 운동회가 있는데, 달리기 일 등 하고 싶다.'

'월요일 축구 경기에서 꼭 한 골을 넣고 말 거야.'

계획, 하나도 어렵지 않지?

02

계획 일기, 왜 써?

일주일을 알차게 보내기 위해서는 계획 일기를 써야 해. 계획 일기는 바로 너희의 일주일을 안내하는 내비게이션과 같기 때문이야.

그게 무슨 소리냐고? 좀 더 쉽게 설명해 줄게.

예를 들어 온 가족이 처음 가는 곳으로 나들이를 갈 때, 내비게이션의 안내를 받고 가는 것과 안내 없이 가는 걸 생각해 봐. 안내를 받고 가는 게 헤매지 않고 목적지를 빨리 찾을 수 있겠지?

이게 바로 너희가 계획 일기를 써야 하는 이유야.

"그럼, 일요일마다 일주일 계획을 다 세워야 해요?"

"나는 로봇이 아닌걸요. 하라는 대로만 하면 재미없잖아요!"

너희 말이 맞아.

계획 일기는 어디까지나 계획인 거야. 우리는 초능력자가 아니잖아. 바로 일 분 뒤에 어떤 일이 일어날지도 모르는데 어떻게 모든 것을 일일이 계획할 수 있겠니.

계획 일기가 일주일의 내비게이션이라고 한 건 너희가 쉽게 이해하라고 한 말이지, 너희의 모든 시간과 행동을 다 계획하라는 뜻은 아니야.

계획 일기는 일주일의 큰 그림을 그려 주는 거란다.

이번 주에 꼭 해야 할 중요한 일, 꼭 하고 싶은 일 등을 더 알차게 계획하는 거야.

'왜'와 '그래서'로 알아보는 계획 일기 쓰기 3단계

03

자, 그럼 계획 일기를 쉽게 쓰는 법을 알려 줄게.

바로 '왜'로 알아보는 계획 일기 쓰기야. 새로 시작하는 한 주 동안 가장 기대되는 점과 걱정되는 점 등을 생각해 보는 거야.

그 이유까지 써 보면 나도 모르는 사이에 새로운 일주일이 머릿속에 그려지게 될 거야.

그럼 다음 세 개의 질문으로 계획 일기를 써 보자. 세 가지를 모두 써도 좋고, 한 가지만 써도 좋아.

질문을 하고 왜 그렇게 생각하는지를 쓰는 거야. 그런데 계획 일기에서 가장 중요한 건 그 다음 단계인 '그래서'야.

'그래서'가 바로 계획에 해당되거든. 계획을 실천하기 위해 무엇을 할 것인지 스스로 다짐해 보는 거지.

그럼 계획 일기를 써 볼까?

1. 이번 주 가장 기대되는 일은 무엇일까?

 왜

그래서

2. 이번 주 가장 하기 싫은 일은 무엇일까?

 왜

그래서

3. 이번 주 가장 중요한 일은 무엇일까?

 왜

그래서

계획 일기, 이렇게 쓰자!

날짜 ○○○○년 ○월 ○일 일요일   날씨 **햇볕이 쨍쨍 꽃들은 방긋**

가장 기대되는 일

제목 **달리기 일 등 하고 싶어**

이번 주 수요일에 운동회를 한다. 나는 운동회가 기대된다.
왜냐하면 나는 달리기를 잘하는데 달리기 시합이 있기 때문이다. 달리기에서 일 등 하고 싶다.
그래서 저녁마다 달리기 연습을 할 거다.

가장 하기 싫은 일

제목 **철이랑 화해하기**

지난주에 철이랑 다퉜다.
왜냐하면 철이가 색연필을 빌려 달라고 했는데 내가 빌려 주지 않아서 철이가 화를 냈다. 월요일에 철이와 화해하기로 엄마와 약속을 했다.
그래서 월요일에 철이에게 사과를 해야 한다. 철이에게 사과하려니까 쑥스럽다. 하지만 용기를 내서 철이에게 미안하다고 먼저 말해야겠다.

024

제목 **어버이날 선물사기**

이번 주 화요일은 어버이날이다. 어버이날 선물을 준비해야
한다.

왜냐하면 어버이날은 나를 낳아 주시고 길러 주신 부모님께 감
사의 마음을 전하는 날이기 때문이다.

그래서 내일은 모아 둔 용돈으로 부모님께 드릴 꽃과 선물을 사
러 가야 된다.

계획 읽기,
하나도
어렵지 않지?

날짜 **7월 18일 수요일**   날씨 **앗, 뜨거워!**

제목 **방학 생활 계획표**

여름방학 생활 계획표를 짰다.

학교에 입학해서 처음으로 맞는 여름방학이다.

생활 계획표를 짜 보니, 여름방학 때 꼭 계획표대로 해야

한다는 게 부담이 됐다.

하지만 다행히 그 마음은 금방 잊어버렸다.

여름방학 때 계획표대로 꼭 해 보고 싶다.

:: 부산 을숙도초등학교 1학년 오영경

탁상 달력으로 계획표 만들기

식탁이나 화장대 위에 놓인 작은 탁상 달력을 본 적이 있을 거야. 혹시 탁상 달력을 자세히 살펴본 적 있니?

대부분 집에서 탁상 달력은 가족의 생일이나 기념일 또는 꼭 기억해야 하는 날을 표시하는 용도로 사용해. 그래서 부모님은 그 많은 가족의 생일과 기념일을 잊지 않고 기억할 수 있는 거야.

엄마께 말씀드려 나만의 탁상 달력을 준비해 봐.

그리고 달력에 나만의 계획을 기록하는 거야. 가족의 기념일이나 나만의 기념일을 적어도 좋고, 또 다른 계획을 기록해도 좋아.

나만의
달력 계획표
만들기!

일	월	화	수	목	금	토
1	2 4:00 수학학원	3	4	5	6 5:00 짝꿍생일파티	7
8	9 4:00 수학학원	10	11	(12) 엄마 생신	13	14
15	16 4:00 수학학원	17	18	19 영희와 약속	20 시험 공부	21 시험 공부
22	23 4:00 수학학원	24	25	26	27	28 2:00 영화예매
29	30 4:00 수학학원					

시 험

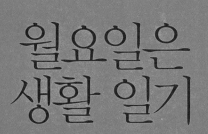

월요일은
생활 일기

생활 일기는 생활 속에서 벌어진
가장 기억에 남는 일을 일기로 쓰는 거야.
그러니까 정말 많은 장소와 사람이
생활 일기의 글감이 될 수 있어.

학교가 즐거운 일주일 일기 쓰기 **2장**

01

빨주노초파남보, 일곱 개의 하루

"얘, 일기 쓰고 자야지?"

엄마 말씀에 "예!"라고 곧바로 대답하는 친구는 몇 안 될 거야.

일기 쓰라는 말이 떨어지기가 무섭게 머릿속에서는 전쟁이 나지.

'일기 뭐라고 쓰지? 쓸 말도 없는데. 매일매일 똑같은데.'

머릿속을 헝클어 놓는 이런 생각들로 고민일 거야.

그런데 말이야. 매일매일 똑같다는 건 틀린 말이야.

어떻게 매일매일 똑같을 수 있겠어? 어제는 일요일이고 오늘은 월요일인데. 어제는 점심에 국수를 먹고 오늘은 된장찌개를 먹었는데 말이야.

이렇게 찬찬히 생각해 보면, 어제와 오늘은 똑같지 않아. 무지개가 일곱 가지 색인 것처럼, 일주일이 칠 일로 이루어진 것처럼, 언제나 새로운 하루가 시작돼.

잘 생각해 보면 매일매일 새로운 일이 얼마나 많은데.

그러니까 일기는 여기서 시작해. 내 하루 중 특별한 것이 무엇인지를 생각해 내는 일 말이야.

'특별한 것'이라고 하니까 또 어렵게 느껴지지?

하지만 하나도 어려울 것 없어. 이렇게 해 보면 어떨까? 어제와 달랐던 것이 무엇인지를 생각해 보는 거야.

어제는 학교에 일찍 갔는데, 오늘은 늦잠을 자서 지각을 했을 수도 있어.

오늘은 급식 반찬으로 내가 좋아하는 돈가스가 나왔는데, 내일은 생선이 나올 수도 있잖아.

이렇게 찬찬히 찾아보면 나의 하루는 새로운 것투성이야.

내 하루가 지루한지, 특별한지를 결정하는 건 자신에게 달렸어.

자, 그럼 이제부터 나의 하루에서 '특별한 것'을 찾아볼까?

 ## 생활 일기 글감 찾기

생활 일기를 쓰기 전, 오늘 어떤 일들이 있었는지 떠올려 보는 거야. 내가 간 장소, 등장인물, 사건 등을 떠올려 봐. 그러다 보면 자연스럽게 일기의 글감을 찾을 수 있어.

장소 **학교, 학원, 문구점**

등장인물 **짝꿍, 선생님, 강아지**

행동 **짝꿍이랑 스티커 산 일, 길에서 백 원을 주운 일**

생각 **돈가스는 맛있다, 내 친구가 정말 좋다, 학원에 가기 싫다**

장소 _____

등장인물 _____

행동 _____

생각 _____

생활을 쓰니까, 생활 일기지

오늘은 월요일! 월요일은 바로 생활 일기를 쓰는 날이야.

생활 일기는 생활 속에서 벌어진 가장 기억에 남는 일을 일기로 쓰는 거야. 그러니까 정말 많은 장소와 사람이 생활 일기의 글감이 될 수 있어.

그럼 어떤 장소들이 생활 일기의 글감이 되는지 이야기해 볼까?

집, 학교, 학원, 놀이터, 병원, 마트, 놀이공원, 식당, 시장, 백화점······. 와, 정말 많다.

또 생활 일기에 쓸 수 있는 등장인물도 떠올려 볼까?

강아지, 고양이, 친구, 가족, 이웃, 선생님, 드라마 주인공······.

와, 생활 일기에 쓸 수 있는 것들은 정말 다양하고 많구나.

우리는 하루 동안 참 많은 사람을 만나고 많은 말을 하고 많은 행동을 해. 그 속에서 기쁘기도 하고 슬프기도 하고, 교훈을 얻기도 하고 반성도 하는 등 다양한 감정을 경험하지.

이처럼 생활 일기는 하루 동안 겪은 일 중에서 가장 기억에 남는 일을 쓰는 거야.

글을 쓸 때는 가장 기억에 남는 일 한 가지만 골라서 써야 해.

여러 가지를 쓰려다 보면 이야기가 얽히고설켜 정신없어지거든.

또 여러 가지 이야기를 쓸 때보다 한 가지 이야기를 쓸 때 더 상세하게 쓸 수 있어.

그럼 두 개의 이야기를 비교해 볼까?

점심에 콩국수를 먹었다. 시골에 계신 외할머니께서 직접 농사지은 콩으로 만든 음식이다. 할머니께서 우리를 주려고 농약도 치지 않고 기른 귀한 콩이라고 했다. 그래서인지 콩국수가 정말 맛있었다. 내가 맛있다고 하니 엄마가 이렇게 말씀하셨다.
"할머니의 정성과 엄마의 정성이 함께해서 더 맛있는 거야."

점심에 콩국수를 먹었다. 콩국수가 정말 맛있었다. 밥을 먹고 학원에 갔다. 수업을 하는데 졸렸다. 학원이 끝나고 집에 왔다. 이제 졸리지 않아서 동화책을 읽었다. 정말 재미있었다. 그러고 나서 저녁을 먹었다. 저녁을 먹고 텔레비전을 보았다. 텔레비전이 재미있었다.

여러 가지 이야기를 쓴 것보다 한 가지를 쓴 글이 더 자세하고 재미있지?

날짜 **5월 11일 토요일**   날씨 **바람이 불어 시원하다**

제목 설거지한 날

음료수를 먹고 컵을 씻으려고 설거지를 했다.

설거지를 한 이유는 설거지 쿠폰을 쓰고 싶고, 엄마를 도와 드리고 싶어서였다.

설거지를 한 방법은 물을 반 정도 따라 놓고 물을 버리고 자연퐁을 묻히고 컵의 바깥쪽, 안쪽을 닦는다.

특히 안쪽을 깨끗이 닦아야 된다.

내가 하고 싶은 설거지를 처음으로 해 보니 하늘을 날 것 같았다.

:: 서울 덕의초등학교 1학년 김영서

늘었다, 줄었다, 고무줄 글쓰기

지금부터 고무줄 글쓰기를 해 볼 거야. 고무줄 글쓰기는 내 마음대로 글을 늘렸다, 줄였다, 하는 거야. 고무줄 글쓰기를 잘하면 글쓰기도 척척 잘하게 될 거야.

쭉쭉 글쓰기, 늘어나라, 얍!

쭉쭉 글쓰기는 주어진 단어만 보고 문장을 길게 만들어 보는 놀이야. 일기를 쓸 때 두 줄만 써도 쓸 말이 없어지지? 그런 친구들에게 딱 필요한 연습이지. 고무줄 글쓰기 연습을 꾸준히 하면 어떤 글이라도 쓱쓱 잘 쓰게 돼.

> **예** 오늘, 점심, 엄마 생일, 불고기, 가족 **– 20자 이상으로 늘리기**
>
> 오늘은 엄마 생일이다. 그래서 우리 가족은 점심에 불고기를 먹었다.

학교, 숙제, 친구들, 선생님 **– 20자 이상으로 늘리기**

놀이동산, 해님, 가족, 놀이기구, 김밥 **– 20자 이상으로 늘리기**

_____

싹둑싹둑 글쓰기, 줄어라, 얍!

 싹둑싹둑 글쓰기는 주어진 문장을 보고 문장을 짧게 줄이는 놀이야. 독서록을 쓸 때 책 내용은 긴데 어떻게 짧게 써야 할지 몰라 고민 됐지? 그런 친구들에게 딱 필요한 연습이야. 문장을 보고 우선 중요한 단어를 형광펜으로 색칠해 보는 거야. 그리고 그 단어를 연결해서 문장을 만들면 끝!

> **예** 오늘은 엄마 생일이다. 아빠께서 외식을 하자고 했다. 그래서 우리 가족은 자동차를 타고 파주에 가서 갈비를 먹었다. 정말 맛있었다. **– 짧은 문장으로 줄이기**
> 오늘은 엄마 생일이어서 온 가족이 파주에서 맛있는 갈비를 먹었다.

신데렐라는 기뻤어요. 요정님이 직접 만든 예쁜 옷과 마차, 그리고 예쁜 유리 구두를 선물해 주었으니까요. 이제 왕자님을 만나러 파티에도 갈 수 있어요. **– 짧은 문장으로 줄이기**

_____

_____

한글은 정말 위대한 글자야. 10개의 모음과 14개의 자음을 조합하면 얼마든지 생각하는 것을 문자로 표현할 수 있거든. 일본어로는 약 300개, 중국어로는 약 400개의 소리를 표현하지만, 한국어로는 11,000개 이상의 소리를 표현할 수 있어. 그래서 한글은 세계에서 소리 나는 대로 가장 많은 발음을 표기할 수 있는 문자야. **– 짧은 문장으로 줄이기**

_____

_____

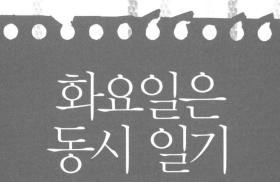

화요일은
동시 일기

동시 일기는 일기를 동시로 쓰는 거야.
오늘 있었던 일 중에서 가장
기억에 남는 일을 동시로 표현하는 거지.
동시? 어렵지 않아!

학교가 즐거운 일주일 일기 쓰기

01 시인이 되어 볼까?

오늘은 화요일이야. 오늘 우리는 시인이 되어 볼 거야.

앞으로 화요일이 되면 우리 모두 시인이 되는 거야. 왜 하필 화요일이냐고?

나는야
동시 일기를
쓰는 시인~!

그냥. 그냥 화요일에는 시인이 되고 싶으니까. 마음에 들지 않는다면 너희만의 요일을 정해서 해도 돼.

나는 화요일에 동시를 쓸 거야.

동시 일기는 일기를 동시로 쓰는 거야. 오늘 있었던 일 중에서 가장 기억에 남는 일을 동시로 표현하는 거지.

"동시요? 시는 너무 어려워요!"

내가 너희만 한 아이들에게 글짓

기를 가르칠 때 동시에 동 자만 이야기해도 어렵다고 하더라.

그런데 생각해 보니 아이들은 쉽다는 말보다 어렵다는 말이 더 좋은가 봐. 날마다 어렵다고만 하더라고.

동시가 어렵다고 느끼는 건 써 보지 않아서야. 한 번 써 보고 나면 조금 과장해서 누워서 떡 먹기보다 더 쉽다는 걸 알게 될 거야.

그럼 동시를 쓰기 위해 알아야 할 몇 가지 규칙을 정리해 줄게.

멋진 동시를 쓰는 네 가지 방법

첫째, 글자 수 맞추기로 운율을 살린다.

둘째, 반복되는 단어로 리듬감을 준다.

셋째, 의성어나 의태어로 생동감을 준다.

넷째, 의인법을 이용한다.

멋진 동시를 쓰는 네 가지 방법을 읽어 보았니? 정리 내용을 읽고 나니 더 어렵다고 생각하는 친구들도 분명 있을 거야.

하지만 너무 조급하게 생각하지 말고, 천천히 내 설명을 들어 보도록 해. 알고 보면 하나도 어렵지 않단다.

신기하고 놀라운 동시의 세계

"이제부터 동시를 한 편 써 볼 거야."라고 내가 말하면 아마 너희는 이렇게 말하겠지?

"갑자기 동시를 어떻게 써요?"

그럼 난 이렇게 이야기하겠어.

"동시 쓰기, 하나도 어렵지 않아!"라고 말이야.

자, 이제부터 내가 하라는 대로만 하면 동시를 쓸 수 있으니까, 잘 따라해 보도록 해.

 생각아, 모여라!

오늘의 동시 주제는 강아지야.

너희 강아지 좋아하니? 아마 너희 중에는 강아지를 좋아하는 친구도 있고 또 무서워하는 친구도 있을 거야. 강아지를 기르는 친구도 있고 또 기르지 않는 친구도 있겠지.

오늘은 강아지에 대한 너희의 생각을 동시로 써 보려고 해.

동시를 쓸 때 가장 중요한 건 생각을 모으는 거야. 머릿속 이곳저곳에 흩어져 있는 너희의 생각을 한곳으로 모으는 일이 필요해. 그래야 동시를 쓸 수 있거든.

자, 그럼 생각을 모아 보도록 하자.

생각을 모으는 방법은 간단해. 연필과 공책을 준비하고 동시의 주제를 떠올리는 거야.

오늘의 주제는 강아지니까, 강아지를 떠올리며 생각나는 단어들을 공책에 적는 거야.

먼저 선생님이 시범을 보일 테니, 너희도 따라해 보렴.

강아지에 대한 생각 모으기

몽실몽실 몽실이, 하얀 털, 큰 눈, 멍멍멍, 으르렁, 방귀 뽕, 기분 좋을 때 꼬리가 살랑살랑, 목욕은 싫어, 드르렁, 분홍 핀, 똥배, 당근, 산책, 전봇대, 킁킁킁, 작은 옷

강아지에 대한 생각 모으기

이렇게 생각을 모으면, 동시를 더 쉽게 쓸 수 있어.

모아진 생각을 나열하면 쉽게 하나의 이야기를 만들 수 있거든.

내가 모은 생각을 읽어 보면 내가 생각하는 강아지는 어떤 모습인지 알 수 있을 거야.

 줄 맞춰, 운율을 넣어 보자!

동시를 잘 쓰려면 운율을 알아야 해.

운율은 글자의 수를 맞추거나 단어를 반복한다거나 잘 배열해서 글에 리듬감을 주는 걸 말해.

그럼 다음 글을 천천히 읽어 봐.

개나리를 따서

입에 문 병아리 떼가

종종종 걸음으로

봄나들이를 갑니다

읽어 보니 어떠니?

"뭐가 어때요? 그냥 글인데요."

맞아, 이건 그냥 글이야. 그런데 이 글에 운율을 넣어 볼게.

나리 나리 개나리

입에 따다 물고요

병아리 떼 종종종

봄나들이 갑니다

어딘가 익숙하지? 맞아, 우리가 잘 아는 〈봄나들이〉라는 동요야.

이 가사를 책 읽듯이 한 번 읽어 볼래?

어때? 노래를 부르지 않아도 노래처럼 느껴질 거야.

그건 글자 수를 맞춰서 리듬감을 주었기 때문이야.

자, 그럼 앞에서 강아지에 대해 모은 생각에 운율을 실어 볼까?

운율아, 들어가라, 뿅!

몽실몽실 몽실이

뭉실뭉실 하얀 털

배고파요 멍멍멍

살랑살랑 좋아요

 의성어·의태어를 이용하자!

참, 한 가지 더 알려 줄 게 있어.

글을 쓸 때 의성어와 의태어를 이용하면 글에 운율감이 더 살아.

의성어는 '멍멍멍, 야옹야옹, 어흥, 드르륵, 딩동딩동'처럼 소리를
나타내는 단어야.

의태어는 '뒤뚱뒤뚱, 흔들흔들, 살랑살랑, 휙'처럼 행동을 나타내는 단어를 말해.

우리가 알고 있는 의성어와 의태어를 찾아 정리해 보자.

의성어를 찾아라!

의태어를 찾아라!

의인법, 이제부터 너는 사람이다!

　동시를 잘 쓰기 위한 또 한 가지 방법이 있어. 그건 바로 의인법을 이용하는 거야.

　의인법은 한자로 된 말인데, 사람이 아닌 대상을 사람처럼 생각하는 것을 말해.

　예를 들어 볼게.

　"꽃이 웃는다."라는 표현이 있어.

　하지만 꽃은 사람이 아니니 웃을 수가 없잖아. 그런데 꽃을 사람이라고 생각하고 웃는다고 표현한 거야.

　또 다른 예를 들어 볼게.

"짹짹짹, 참새는 수다쟁이."

참새도 사람이 아니니까 말을 할 수는 없지만, 짹짹짹 지저귀는 참새를 수다쟁이라고 표현한 거야.

이처럼 사람이 아닌 대상을 사람이라고 생각하고 표현한 것을 의인화 한다고 해.

어때? 의인법을 이용하니 동시가 더 재미있어지지?

그럼 의인법을 이용한 문장을 찾아보고, 직접 만들어 보자.

의인법을 찾아라!

딸기는 부끄럼쟁이인가 봐.　　　(　　)

달빛이 밝아.　　　　　　　　　(　　)

칙칙폭폭 칙칙폭폭 기차는 길어.　(　　)

정답 O X X

_____

_____

날짜 **9월 5일 목요일**   날씨 **쨍쨍**

제목 아침

뚜뚜

나팔꽃이 일어나래요

똑똑

아침 이슬이 세수하래요

방긋방긋

아침 해가 노래하래요

::서울 연희초등학교 1학년 이예찬

뻥쟁이가 되어 볼까?

································

　사실, 동화나 소설은 작가 선생님들의 머릿속에서 만들어진 이야기야. 만일 벌어진 일들을 그대로 글로 쓴다면 그건 동화가 아니라, 신문 기사라고 하는 게 맞겠지.

　동화 작가님들은 세상에 벌어진 일이나 있을 법한 일, 또는 전혀 일어날 수 없는 환상적인 일들에 상상을 더해 재미있는 이야기를 만들어 낸단다.

　그러니까 작가님들은 어쩌면 뻥쟁이일지도 몰라. 너희에게 재미있고 신기한 이야기를 만들어 주는 좋은 뻥쟁이 말이야.

　지금부터 우리도 아주 황당한 거짓말을 해 볼 거야.

　아래에 주어진 단어를 조합해서 기발하고 황당한 거짓말을 해 보자.

학교, 솜사탕, 길, 표지판

<u>학교</u>에 가는데 갑자기 함박눈이 쏟아지는 거야. 눈이 너무 많이 와서 커다란 눈 덩어리가 길을 막아 버렸어. 그런데 눈에서 달콤한 냄새가 나는 거야. 눈에다가 혀를 대 보니까 글쎄 그건 커다

란 솜사탕이었어. 하늘에서 <u>솜사탕</u>이 내리고 있었던 거야.

나는 길을 만들려고 솜사탕을 파먹기 시작했어. 그런데 솜사탕

이 어찌나 큰지 먹어도 먹어도 길이 안 나오는 거야. 그렇게 한

참을 먹자 <u>표지판</u>이 보였어. 표지판에는 이렇게 써 있었어.

"집으로 가는 길."

하는 수 없이 나는 학교에 못 가고 집으로 갈 수밖에 없었어.

물고기, 구름, 무지개, 여행

백설공주, 뽀로로, 마법의 성, 반지

055

수요일은
환경 일기

환경 일기는 우리가 지금
살아가고 있고, 또 우리의 후손에게
물려줘야 할 지구를 가꾸고
잘 지키기 위해 쓰는 일기야.

학교가 즐거운 일주일 일기 쓰기

01 너와 나, 우리의 환경

오늘은 수요일! 수요일은 왠지 기분이 좋은 날이야. 달력을 보면 가운데 있어서 일주일의 반이잖아. 나는 뭐든 가운데가 가장 좋더라. 너희는 일주일 중 어떤 요일을 좋아하니?

수요일은 왠지 기분이 좋아서 낙엽 떨어지는 소리에도 하하 호호 웃음이 나와. 아마 이날은 누군가 큰 잘못을 고백해도 하하 호호 하며 용서해 줄지도 몰라.

자, 오늘도 어김없이 일기를 써야겠지? 수요일은 환경 일기를 써 보도록 할 거야.

환경은 우리가 생활하는 우리의 주변을 말해. 우리 집은 가정환경이 될 테고, 우리 동네는 자연환경이 되겠지. 내가 다니는 학교나 학원은 교육 환경이 될 거야. 이처럼 환경은 나와 연결된 주변을 말해.

그러고 보니 환경은 정말 중요한 거구나.

그런데 그중에서도 나는 자연환경이 가장 중요하다고 생각해. 우리의 집이나 학교, 우리가 생활하는 모든 것을 이루는 건 바로 자연환경이거든.

우리는 자연이라는 울타리 안에서 집도 짓고, 학교도 세우고, 학원도 만들고 하는 거니까.

만일 자연이 흔들흔들 위태위태해진다면, 자연 속에 속한 우리 모두가 위태로워질 거야. 여러 환경 중에서도 자연환경이 가장 중요하다고 생각하는 이유도 바로 이 때문이야. 그래서 일주일의 가운데, 가장 중요한 날 환경 일기에 대해 알아보려고 해.

환경이 아프대

우선 환경 일기를 쓰기 전에 환경에 대해 생각해 보자.

도대체 환경이 어떻게 훼손되고 있으며, 환경이 왜 중요한지 말이야.

몇 해 전 우리를 부들부들 떨게 한 후쿠시마 쓰나미 사건을 기억하니? 요즘도 뉴스에서 자주 나오잖아.

이 사건으로 일본에서는 수많은 사람들이 다치거나 목숨을 잃었어. 그리고 쓰나미로 원자력발전소가 파괴돼 더 많은 피해가 발생했지.

그런데 원자력 폭발 사고가 환경과 관계가 깊다는 걸 알고 있니?

너희가 쉽게 이해하도록 내가 이야기를 만들어 들려줘 볼게.

우림이는 새 물건을 좋아해. 새 학용품이나 새 물건을 사서 조금 쓰다가 보면 금방 싫증이 나서 또 새것을 갖고 싶어 하지.

그러면 엄마를 졸라 또 새것을 사곤 해. 쓰던 물건은 어떻게 하느냐고? 그건 쓰레기통에 들어가.

세상에는 우림이와 같은 아이들이 아주 많아서, 전 세계 곳곳에 공장이 많이 만들어지고 있어. 공장에서는 새로운 물건을 쉴 새 없이 마구 만들어 내지.

그러다 보니까 전기가 부족한 거야. 그래서 부족한 전기량을 확보하려고 원자력발전소를 세운 거야.

원자력발전소를 세웠더니 그동안 공급받던 전기량보다 어마어마하게 더 많은 양의 전기를 공급받을 수 있게 됐어.

그래서 우림이와 세계의 아이들이 원하는 장난감을 아주 많이 만들어 낼 수 있게 됐지.

그런데 원자력발전소에서는 끔찍한 원자력 폐기물이 나온대. 그 폐기물은 정말 무시무시한 방사선을 내뿜는데, 방사선에 노출되면 치명적인 질병에 걸려 죽거나, 또 임산부들은 기형아를 출산하는 등 무시무시한 일이 벌어져.

또 하나, 너희가 싫증 나서 버린 그 물건들은 어마어마한 쓰레기더미로 쌓이게 돼.

그 쓰레기를 없애려면 에너지를 또 써야 하고 그러면 돈도 많이 들고 환경도 파괴돼.

이 모든 문제를 해결하기 위해서는 우리가 딱 필요한 물건만 사용하고 구입한 물건은 오래오래 사용하는 방법밖에 없을 거야.

이제 원자력발전소와 환경이 왜 관계가 깊은지 이해가 됐니?

바로 후쿠시마에 몰아닥친 무시무시한 쓰나미는 환경 파괴로 인해 기후가 이상해져서 벌어진 일이야.

환경 파괴로 지구가 더워지자 기후가 변했고, 그래서 자꾸만 이런 일들이 벌어지는 거야.

　이제 우리에게 환경이 얼마나 소중한지, 왜 환경을 잘 보존해야 하는지 알게 됐을 거야.

　계속 환경이 파괴된다면 나중에는 우리가 살 공간도 없어져서, 어쩌면 우주의 다른 행성을 찾아 떠나야 할지도 몰라. 우주 어딘가에 사람이 살 수 있는 행성이 있다면 말이지. 그게 아니라면 지구를 잘 지켜야겠지?

　환경 일기는 우리가 지금 살아가고 있고, 또 우리의 후손에게 물려줘야 할 지구를 가꾸고 잘 지키기 위해 쓰는 일기야.

　우리는 마음은 늘 열심히 하고 싶지만, 잘 잊어버리는 버릇이 있잖아. 그래서 오늘 지구를 지키겠다고 다짐해도 내일이면 다른 생각 때문에 잊어버리곤 하잖아.

　환경을 가꾸는 건, 무엇보다 중요한 일이기 때문에 매주 수요일은 환경 일기를 쓰면서 다짐해 보자는 거야.

우선 환경을 지키기 위해 내가 할 수 있는 일은 어떤 것이 있는지 생각해 보는 거야.

그리고 수요일 하루만큼은 환경 운동가가 되어서 환경을 살리기 위한 작은 실천을 해 보는 거지.

환경을 보호하기 위해 우리가 할 수 있는 일은 생각보다 참 많아.

물을 아껴 쓰고, 전기를 아껴 쓰고, 또 일회용품을 적게 사용하는 방법도 있어. 그 밖에도 환경 보호를 위해 할 수 있는 일은 무궁무진하단다.

자, 이제 너희 스스로 생각해 보도록 하자. 환경을 위해 내가 할 수 있는 일 말이야.

자, 이제 본격적으로 환경 일기 쓰기에 대해 알려 줄게. 앞에서 설명한 이야기는 잘 알았어도, 막상 환경 일기를 쓰려고 하니까 어렵고 답답하지?

그래 맞아. 이상하게 머릿속으로는 다 이해했는데, 그걸 글로 표현하려고 하면 손이 얼음이 된 듯 꼼짝도 안 하잖아.

그래서 너희가 좀 더 쉽게 환경 일기를 쓸 수 있도록 내가 마법의 주문을 만들었어.

일단 일기를 쓰기 전에 주문을 외워 보는 거야. 그리고 떠올린 주문을 그대로 일기장에 쓰는 거지. 이렇게만 하면 정말 신기하게 일기가 술술 써질 거야.

환경 일기가 술술 써지는 마법의 주문은 바로 '무엇을'과 '어떻게'야.

'무엇을'에는 환경보호를 위해 자신이 아끼고 지켜야 할 대상이나 해야 할 행동을 적고, '어떻게'에는 그 구체적인 방법을 적는 거야.

'무엇을'과 '어떻게'만 기억하면 환경 일기 쓰기는 정말 쉬워. 그럼 한 번 확인해 볼까?

환경 일기가 술술 써지는 마법의 주문

(무엇을) 오늘 나는 일회용품을 사용하지 않을 것이다.

(어떻게) 내 컵과 수저를 가방에 넣어 다닐 거다. 그래서 아이스크림을 먹을 때 내 컵에 넣어 달라고 할 거다.

내 친구의 환경 일기

날짜 **9월 5일 목요일**   날씨 **쨍쨍**

무엇을 **자연을 사랑하기**

제목 **홍제천아, 사랑해**   어떻게 **관심을 갖고 아껴 주면서**

아빠와 자전거를 타고 홍제천에 갔다. 비가 왔다 그쳐서 홍제천 물이 많았다.

아빠는 자전거를 멈추고 저기를 보라고 했다. 아빠가 가리키는 곳을 보니, 거기에는 송사리와 잉어가 있었다. 또 오리도 있었다.

아빠는 홍제천 물이 깨끗해서 물고기가 많이 찾아온다고 했다. 그러니까 우리는 좋은 환경에서 사는 거라고 했다.

아빠 말씀을 듣고 나니 홍제천이 더 많이 좋아졌다.

그래서 홍제천에 있는 쓰레기를 주웠다.

홍제천이 더 깨끗해져서 더 많은 물고기가 놀러 오면 좋겠다.

그래서 앞으로 홍제천을 많이 사랑해 줄 거다.

:: 서울 연희초등학교 1학년 임현빈

생각의 표지판 만들기

우리가 모르는 길을 갈 때, 표지판이 없다면 길을 헤매고 말 거야. 마찬가지로 어떤 글을 쓸 때도 생각의 표지판이 필요해.

글을 쓰기 전, 생각의 표지판을 만들면 내가 어떤 글을 써야 하는지 알려 주거든. 또 무엇을 쓸지 생각이 나지 않을 때 생각의 표지판을 만들면 이야깃거리가 떠오르기도 해.

그럼 생각의 표지판을 만들어 볼까?

목적지 **환경보호**

일회용품 사용하지 않기

냉장고 문 자주 열지 않기

양치질할 때는 물 컵을 이용하기

화장실 변기 물 자주 내리지 않기

휴대전화 자주 사용하지 않기

가까운 거리는 걸어서 다니기

물건을 아끼고 깨끗하게 사용하기

쓰레기 분리수거 잘하기

소비를 줄이기

음식 남기지 않기

자연을 아끼고 사랑하기

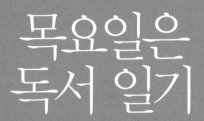

목요일은
독서 일기

독서 일기를 쓰려면 먼저 독서를 해야 해.
독서는 참 좋은 것이지만, 무턱대고
아무 책이나 읽어서는 안 돼. 나에게
필요하고 도움이 되는 책을 읽는 게 좋아.

학교가 즐거운 일주일 일기 쓰기 **5장**

깨달음을 주는 책

01

이번 주에 너희는 몇 권의 책을 읽었니? 숙제 하고 학원에 가느라 너무 바빠서 책을 한 권도 못 읽지는 않았니?

책을 읽는 것은 학교에 가는 것만큼이나 중요한 일이야. 학교에서 배울 수 없는 지식, 또 부모님이 알려 주지 않는 지식을 책을 읽으면서 배울 수 있거든.

세상에는 수많은 사람이 다양한 재능을 가지고 살잖아.

그 많은 재능과 지식을 내 것으로 만들 수 있다면 얼마나 좋겠니?

바로 책은 그런 역할을 하는 거야.

꼭 전문 지식이 아니더라도 책은 우리에게 많은 깨달음을 줘.

권정생 선생님의 《강아지 똥》이라는 책을 알고 있니?

우리는 이 책을 통해 보잘것없는 강아지의 똥도 새로운 생명을 꽃 피우는 아주 중요한 일을 할 수 있다는 교훈을 얻잖아.

그동안 길가에서 강아지 똥을 발견하면 더럽고 냄새나는 똥이라고 생각하던 친구들이 이 책을 읽은 뒤에는 똥의 쓰임에 대해 다시 생각해 보게 돼.

그리고 나에게는 어떤 큰 재능이 있을까도 생각해 보게 되지.

이처럼 책은 우리에게 많은 깨달음을 준단다.

그래서 독서가 학교에 가는 것만큼 중요하다고 한 거야.

앞으로 목요일에는 독서 일기, 꼭 써 보도록 하자.

어떤 책을 어떻게 읽을까?

02

독서 일기를 쓰려면 먼저 독서를 해야 해.

독서는 참 좋은 것이지만, 무턱대고 아무 책이나 읽어서는 안 돼. 나에게 필요하고 도움이 되는 책을 읽는 게 좋아.

어떤 친구들은 만화를 너무 좋아해서 만화책만 골라 읽고, 또 어떤 친구들은 곤충을 좋아해서 곤충에 관한 책만 읽는 걸 봤어.

그런데 한 가지 음식만 많이 먹으면 배탈이 나고 건강에도 좋지 않은 것처럼, 책도 한 가지 책만 읽는 것은 좋지 않아.

물론 자신이 좋아하는 책을 읽는 게 집중도 잘 되고 재미있겠지만, 골고루 다양한 책을 읽어야 얻는 것이 더 많단다.

좋은 책을 고르는 방법은 여러 가지가 있어.

어떤 책이 좋은 책인지 알 수 없을 때는 우선 학교에서 추천해 준 책을 읽으면 좋아.

또 주변 친구가 소개해 준 책을 읽는 것도 좋아. 친구가 추천해 준

014

책을 읽고, 친구와 함께 책의 내용에 대해 이야기를 나누어 봐.

내가 느낀 것과 친구가 느낀 것을 서로 이야기하다 보면 내가 생각하지 못했던 것을 친구의 이야기를 통해 알게 되기도 한단다.

자, 이제 본격적으로 책을 읽어 볼까?

본문을 읽기 전에 먼저 표지와 제목을 살펴봐. 그리고 마음속으로 이 책이 어떤 책인지 생각해 보는 거야.

그렇게 여러 가지 상상을 해 본 뒤, 책을 읽으면서 내가 상상했던 내용과 같은지, 다르다면 어떻게 다른지 생각해 보는 거지.

그러면 마치 내가 작가가 된 것처럼 재미있어.

독서를 할 때 바른 자세가 중요하다는 건 알고 있지?

한 번 책을 잡았다면, 읽다가 멈추기보다는 한 호흡에 쭉 읽어 나가는 게 좋아. 그래야 이야기가 끊기지 않아서 몰입할 수 있거든.

독서 일기, 어떻게 쓰지?

독서가 끝난 뒤에는 꼭 독서록이나 독서 일기를 쓰도록 해.

책을 읽은 뒤 기록을 해 두면 책 속의 정보를 내 것으로 오래 기억할 수 있기 때문이야.

또 기록을 하면 이야기를 다시 한 번 떠올려야 하기 때문에 읽을 때는 미처 생각하지 못했던 것들이 떠오르기도 한단다.

그럼 독서 일기를 쓰는 몇 가지 방법을 알려 줄게.

독서 일기를 쓰는 네 가지 방법

첫째, 줄거리 쓰기

둘째, 가장 기억에 남는 장면 쓰기

셋째, 주인공에게 편지 쓰기

넷째, 이야기를 내 마음대로 바꿔 보기

줄거리 쓰기는 책의 내용을 요약해서 쓰는 거야.

가장 기억에 남는 장면 쓰기는 책 내용 중에서 가장 인상 깊었던 부분을 쓰는 거야.

주인공에게 편지 쓰기는 책 속 주인공에게 하고 싶은 말을 편지로 쓰는 거야.

이야기를 내 마음대로 바꿔 보기는 책 내용 중 아쉬운 부분을 직접 바꿔 이야기로 쓰는 거야.

독서 일기를 쓸 때는 이렇게 네 가지만 기억하면 돼.

참, 독서 일기를 쓸 때, 책 제목과 글쓴이와 그린이를 쓰는 건 기본이겠지?

또 일기의 제목을 써 주는 것도 잊으면 안 돼.

날짜 **4월 28일 토요일**　　날씨 **맑은데 집에서는 추운 날**

제목 **이 이야기가 사실일까?**

책 제목
설문대 할망

글쓴이 **송재찬**　그린이 **유동관**　출판사 **봄봄**

《설문대 할망》을 읽었다.

이야기의 내용은 옛날에 아주 큰 할머니가 있었다. 할머니는 어찌나 크던지 남해 바다 깊은 곳에 도달할 만하다. 그리고 제주도에 세 걸음이면 간다. 어느 날 할머니가 제주도에 가서 사람들에게 옷을 한 번 만들어 주면 다리를 만들어 주기로 했다. 그런데 사람들이 옷을 다 못 만들어서 할머니가 다리를 부수고 멀리 가 버렸다.

이 이야기는 제주도에서 내려오는 이야기라고 했다. 그래서 제주도 사람들은 이 이야기를 믿는다고 했다.

이 이야기가 사실일까? 거짓말일까? 정말 궁금하다.

::서울 덕의초등학교 1학년 김영서

글짓기가 쑥쑥! 신기한 3단계 글쓰기

이제부터 글쓰기를 아주 잘하는 3단계 법칙을 알려 줄게. 3단계 법칙은 처음, 중간, 끝, 이렇게 3단계로 나눠 글을 쓰는 건데, 이 글쓰기 방법을 알아 두면 독서록이나 독후감을 쉽게 쓸 수 있단다. 참, 3단계 글쓰기는 모든 글쓰기에 해당이 되니까 꼭 알아 두도록 해.

처음 처음 부분은 시작 단계라고 할 수 있어. 처음을 쓰는 법은 여러 가지가 있지만, 그중 가장 좋은 건 책을 읽게 된 이유라던가, 처음 책을 보았을 때의 느낌 등을 이야기해 주면 좋아. 앞에서 책을 볼 때 표지를 보고 어떤 책인지 상상해 보라고 했지? 그런 내용을 처음 부분에 써 주면 좋아.

중간 독후감에서는 이 중간 부분이 가장 중요해. 그래서 중간 부분은 처음과 끝에 비해 분량이 많단다. 중간 부분에는 책의 줄거리를 써 주면 좋아.

그런데 여기서 중요한 건 책의 줄거리를 쓸 때 줄거리만 쓰기보다 느낀 점을 섞어서 쓰는 게 더 좋단다.

끝 이제 끝 부분이야. 마지막 부분은 중간보다는 분량이 적고 처음과 비슷하게 쓰면 돼. 끝 부분에는 주로 이 책을 보고 느낀 점이라든가, 책을 보고 계획한 것 등을 써 주면 돼.

책의 전체 내용을 내 생각으로 정리하는 부분이 바로 끝 부분이야.

원고지
어떻게
쓰지?

보통 원고지는 스무 자, 열 줄이야. 그래서 200자 원고지라고도 해.

원고지에 글을 쓰면 내가 쓴 글의 분량을 알 수 있어서 좋아. 또 띄어쓰기, 문장 부호 등이 확실하게 나타나서 맞춤법을 공부하기 좋단다.

원고지 쓰는 요령은 다음과 같아.

1. 문단 첫 칸은 비우고 시작해.

2. 한글은 한 칸에 한 자만 써.

3. 숫자와 영어 소문자는 한 칸에 두 자를 써. 하지만 영어 대문자는 한 칸에 하나만 써야 해.

4. 문장 부호도 한 칸에 한 개씩만 넣어. 하지만 말줄임표(……)는 두 칸에 넣고, 온점(.)과 따옴표(' ', " ")가 같이 올 때는 한 칸에 써.

5. 온점(.)은 문장의 끝에 붙여 써. 온점(.)은 마침표라고도 하는데 첫 칸에 쓰지 않아. 원고지 칸이 끝났을 때는 칸 밖에 찍어 주면 돼.

6. 쉼표(,)나 온점(.) 뒤에는 띄어 쓰지 않아. 그러나 느낌표(!)와 물음표(?) 뒤에는 띄어 쓰도록 해.

문단
첫 칸은
비우고 시작해.

제목은
두 번째 줄
중앙에 써.

학교 뒤에는 세 칸을
학년과 이름 뒤에는
두 칸을 비우고 써.

한글은
한 칸에
한 자만 써.

온점(.)은
문장의 끝에
붙여 써.

느낌표(!) 뒤에는
한 칸을 띄어 쓰고
온점(.)과 쉼표(,)
뒤에는 띄어 쓰지
않아.

말줄임표(……)는
두 칸에 넣어.

온점(.)과
따옴표(' ', " ")가
같이 올 때는
한 칸에 써.

일기는 매일매일

사랑 초등학교

1학년 1반

김민지

강현이의 말에 공주는 실망했어요. 그리고 들릴락 말락 조그만 목소리로 말했어요.

"강현아! 꼭 오늘 써야 해……."

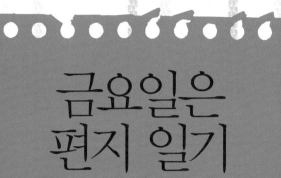

금요일은
편지 일기

편지의 장점이 뭔지 아니?
편지를 쓰면 말로 이야기할 때보다
자신의 생각을 좀 더 차분하고
명확하게 전달할 수 있어.

학교가 즐거운 일주일 일기 쓰기　6장

01 마음을 전하는 편지

　선생님이 어릴 적에는 손 편지를 많이 썼어. 그때는 휴대전화도 없었고 인터넷도 되지 않았기 때문에 멀리 있는 친구와 편지로 안부를 전하곤 했어.

　그래서 문구점에 가면 용돈을 탈탈 털어 예쁜 엽서나 편지지를 사곤 했지. 친구에게 편지를 쓴 뒤 우체국에 가서 우표를 사서 붙이고 우체통에 넣었어.

　삼사 일 뒤 편지를 받은 친구는 또다시 감사한 마음을 담아 답장을 보냈지.

　친구에게 생각하지도 않았던 편지를 받는 건 정말 기쁜 일이야.

　편지의 장점이 뭔지 아니?

　편지를 쓰면 말로 이야기할 때보다 자신의 생각을 좀 더 차분하고 명확하게 전달할 수 있어.

　우리가 대화를 할 때는 상대의 말을 듣고 또 내 말을 하기 때문에 원래 하려던 말을 다 못 한다거나 말이 끊겨서 할 말을 잊곤 하잖아.

하지만 편지는 온전히 내 생각을 쭉 풀어내는 거라 하고 싶은 이야기에 좀 더 집중할 수 있어.

가끔 엄마가 꼭 들어주었으면 하는 소원이 있을 때, 엄마에게 편지를 써 보도록 해. 말로 할 때보다 훨씬 더 엄마가 내 마음을 잘 이해해 준다는 걸 알 수 있을 거야.

그걸 어떻게 알 수 있느냐고?

바로 편지를 읽는 엄마의 표정을 보면 돼. 편지를 읽는 엄마의 얼굴에서 아마 행복이 묻어나올 테니까.

일주일에 한 번은 편지 쓰는 날로 정하면 어떨까?

좋은 생각이라고? 그럼 우리 금요일에는 편지 일기를 써 보도록 하자. 먼저 이런 편지는 어때?

"엄마, 사랑해요!"

02 안네의 일기장, 키티

　앞에서 안네에 대해 간략하게 설명한 것 기억나니? 안네의 일기장이 훗날 책으로 출간되어 많은 사람에게 읽히고 있다고 했잖아.

　안네와 그 일기장에 대해 좀 더 자세히 이야기해 보려고 해.

　옛날, 독일에 안네 프랑크라는 여자아이가 살았어. 당시 독일에서는 히틀러라는 독재자가 군대를 이끌고 사람들을 마구 죽였어.

　안네는 가족과 함께 네덜란드의 암스테르담으로 피신을 갔어. 그리고 그곳의 한 공장 창고에서 숨어 지냈지.

　늘 지하 창고에 숨어 있어야 하는 안네는 친구도 없고 무시무시했던 시간을 '키티'와 함께 견뎌 냈어.

　'키티'는 바로 안네의 일기장이야.

　안네는 일기장을 친구처럼 여기며, 그날 벌어진 일이나 생각 등 모든 것을 기록했어. '키티'에게 편지를 쓰듯 정성껏 이야기를 기록했지. 그렇게 외로움과 두려움을 달랬던 거야.

일기장 '키티'가 없었다면 안네는 하루하루 절망의 나날을 보냈을지도 몰라.

시간이 지나, 안네도 히틀러의 군대에 잡혀 수용소에 갇히게 되고 거기서 결국 어린 나이에 생을 마감하고 말았어.

한참 뒤, 안네의 일기는 책으로 출간되었어. 일기장을 본 많은 사람들은 당시 안네가 살던 시대가 얼마나 끔찍했는지 또 히틀러가 얼마나 잔인하게 많은 사람을 학살했는지 알 수 있었어.

그런데 안네의 일기장에는 이런 글이 쓰여 있었대.

'종이는 인간보다 더 잘 참고 오래 견딘다.'

안네의 말처럼 안네는 떠났지만, 안네의 일기장은 지금까지 많은 어린이들에게 사랑받고 있어.

03

나에게 쓰는 편지

내 일기장을 나의 분신, 또는 친구라고 생각해 본 적이 있니?

아마 그렇게 생각해 보지 못한 친구가 더 많을 거야.

일기는 그냥 엄마가 쓰라고 하니까, 선생님이 쓰라고 해서 쓰는 친구들이 대부분일 거야.

그런데 이제부터 안네처럼 일기장을 친구라고 생각하면 어떨까? 아니면 일기장을 나 자신이라고 생각해도 좋아.

우리가 부모님이나 친구에게는 편지를 쓰지만, 나에게 편지를 쓰는 일은 없잖아. 그러니 일기장을 '나'라고 생각하고 편지를 써 보는 거야.

먼저 일기장의 이름부터 지어 볼까?

내 이름이 '김민지'라면, 내 일기장은 '사랑스러운 김민지'나 '똑똑한 김민지' 또는 '가수 김민지'처럼, 내가 바라는 나로 만드는 거야.

그리고 매일매일 소중한 나의 하루를 편지로 쓰는 거지.

누구에게? 바로 나에게!

나에게 편지를 쓰는 건 그리 어렵지 않아. 남에게 쓰는 것보다 덜 쑥스럽기 때문에 오히려 더 솔직하게 쓸 수 있지.

이렇게 나에게 편지를 쓰다 보면, 내가 어떤 사람인지 아주 잘 알게 될 거야. 나의 부족한 점이나 칭찬해 줄 점도 깨닫게 돼.

나를 아는 건 정말 중요한 거잖아. 나의 장점과 단점을 바로 알기란 정말 어려운 일이야.

하지만 나를 바로 안다면, 내가 부족한 점을 채울 수 있고 나의 뛰어난 점은 더 발전시킬 수 있으니까 좀 더 멋진 내가 될 수 있겠지?

그렇게 되면 다른 사람보다 실패가 줄어들지도 몰라.

자, 이제부터 나에게 편지를 써 보도록 하자.

내 친구의 편지 일기

날짜 5월 28일 토요일   **날씨** 시원하고 따뜻한 날

제목 만나자고 해 놓고, 혼자만 놀고

예쁜 민지야, 안녕? 나야, 민지.

나, 오늘 많이 속상했어.

아까 낮에 희수가 공원에서 놀자고 불러 놓고, 나랑은 안 놀고 자전거만 탔어.

자전거를 다 타고 나서도 분수대에서 다른 친구들과 물놀이만 했어. 나는 계속 희수만 기다렸거든.

그런데 기분이 이상했어. 따돌림당한 것 같았어.

집으로 돌아오는데 눈물이 나와서 울고 말았어.

엄마에게 말했더니 엄마도 속상하다고 했어. 그러면서 다음에는 "희수야, 나랑 놀기로 했잖아."라고 말하라고 했어.

아까 내가 희수한테 놀자고 했으면 희수는 나랑 놀았겠지?

다음에는 엄마 말처럼 그렇게 할 거야.

민지 너는 예쁘고 착하고 자신감도 넘치니까, 나도 앞으로 그렇게 할 거야.

::경기 행신초등학교 1학년 김민지

자기소개서를 써 볼까?

이제부터 자기소개서를 써 볼 거야. 자기소개서를 작성하면서 나는 어떤 아이인지 생각해 보는 거야. 나의 장점과 단점을 글로 정리하다 보면 진정한 나를 찾게 될 거야.

우리는 친구를 새로 사귀거나, 또는 학교에서 회장 선거를 나갈 때 등 자기소개를 할 일이 많아. 그런데 자기소개를 하라고 하면 참 쑥스럽고 부끄럽잖아. 사실 뭐라고 해야 할지도 모르겠고.

그런데 자기소개서를 작성해 놓으면 문제없어. 언제 어떤 자리에서도 당당하게 나를 소개할 수 있게 되지.

그리고 시간이 지나면 나도 조금씩 변화하잖아. 몰랐던 나의 다른 모습을 발견하기도 하고 말이야. 자기소개서는 작성해 두었다가 생각날 때마다 나에 대한 정보를 수정하거나 추가하도록 해 봐.

자기소개서를 쓸 때도 3단계로 나눠서 써 볼 거야. 그런데 단계 단계 마다 생각의 바구니를 열어서 어떤 이야깃거리가 있는지 먼저 생각해 봐야 돼.

1단계 – 우리 집은 어떤 집일까?

1단계는 가족에 대해 쓰는 거야. 부모님은 어떤 분인지 생각해 보는 거야. 어떤 점이 좋은지, 나에게 어떻게 대해 주시는지 써 보는 거야. 부모님 말고도 형제자매나 할머니, 할아버지 등 다른 가족이 있다면 함께 써 주면 돼. 우선 글을 쓰기 전에 생각의 바구니를 활짝 펼쳐 볼까?

★ 환경에 대해 잔소리가 많은 우리 엄마.

★ 여행을 좋아하는 우리 아빠.

★ 시골에서 유기농 농사를 짓는 외할머니와 외할아버지.

★ 평생 학교에서 아이들을 가르치다가 정년 퇴임하신 친할아버지.

★ 그림을 잘 그리는 내 동생.

★ 소박하지만, 늘 웃음이 끊이지 않는 우리 집.

★ 일 년에 한 번씩 꼭 여행을 가는 우리 집.

2단계 - 나는 어떤 아이일까?

앞에서 처음, 중간, 끝 3단계로 글 쓰는 법을 배운 거 기억나니? 그때, 중간이 가장 중요하다고 했지? 그래서 분량도 많았잖아.

자기소개서도 마찬가지야. 2단계가 가장 중요하고 분량도 많지.

2단계는 나에 대해 쓰는 거야. 나의 성격을 쓰고 또 나의 장점과 단점을 쓰는 거야. 내가 좋아하는 것과 싫어하는 것도 써 보고.

그런 다음 나의 학교생활에 대해서도 쓰면 좋아. 학교에서 나는 어떤 학생인지, 친구들과는 어떻게 지내는지도 써야겠지.

자기소개는 나를 홍보하는 거라고 생각하면 돼. 그래서 단점보다는 장점을 많이 이야기하는 게 좋아. 맘 놓고 나를 자랑한다고 생각하면 돼. 역시 생각의 바구니를 펼쳐 볼까?

생각의 바구니 열기

★ 내 성격은 차분하다.

★ 친구가 많아서 회장을 여러 번 했다. 그래서인지 리더십도 있다.

★ 나는 피아노를 잘 친다.

★ 피아니스트가 되고 싶다.

★ 존경하는 인물은 우리 엄마다.

★ 독서를 좋아해서 지금까지 읽은 책이 1,000권이 넘는다.

★ 내가 가장 좋아하는 책은 《좋은 일이 생길 거야》다. 항상 좋은 생각으로 좋은 일을 하면 정말 내게도 좋은 일만 생길 거라고 생각한다.

★ 한 달에 한 번씩 엄마와 벼룩시장에서 물건을 판다.

★ 나는 여행을 좋아한다. 지금까지 가 본 나라가 네 곳이다.

3단계는 나의 포부에 대해 쓰는 거야. 나는 앞으로 어떤 어린이가 되고 싶은지 말이야. 아니면, 더 커서 성인이 되었을 때 어떤 어른이 되고 싶은지 써도 좋아. 나의 장래 희망을 적어도 좋고. 꿈을 위해 어떤 노력을 할 것인지도 함께 써 준다면, 자기소개서 완성!

생각의 바구니 열기

★ 나는 일 년에 100권의 책을 읽는 게 목표다. 올해도 그 목표를 세우고 꼭 이룰 거다.

★ 나는 의사가 되고 싶다. 내가 아플 때 엄마가 날 간호해 준 것처럼, 아픈 환자를 치료해 주고 싶다.

★ 나는 국어는 잘하지만 수학이 약하다. 올해는 수학 공부를 열심히 할 거다.

토요일은
견학 일기

견학은 한자의 '볼 견' 자와 '배울 학' 자로
이루어진 말이야. 우리가 보고 느낀 것으로
무언가를 배운다는 뜻이지. 우리가 생활 속에서
체험하는 모든 것이 견학인 셈이야.

학교가 즐거운 일주일 일기 쓰기

01 배움이 있는 특별한 소풍

오늘은 견학을 가려고 해.

아, 미안. 놀러 가는 줄 알고 신이 났다가 견학이라는 말에 기분이 확 가라앉았구나.

그럼 다시 말할게. 오늘은 소풍을 떠나 보자.

어때? 소풍이라고 하니까 기분이 좋아지는 것 같지?

내가 너희의 마음을 잘 알아. 사실 견학이나 소풍이나 크게 차이가 없는데, 견학이라고 하면 괜히 공부하러 가는 것 같잖아.

하지만 견학이 별 게 아닌데 말이야. 소풍이랑 똑같은데 말이야. 왜 견학은 힘들고 지루하다고 생각하는지 모르겠어.

그래서 오늘 준비한 건 놀이동산보다 신 나고 소풍보다 즐거운 특별한 견학이야.

자, 이제 너희가 좋아하는 김밥도 싸고 과일도 담고, 간식과 돗자리를 준비할 거야. 이쯤 되면 정말 소풍을 떠나는 것 같지?

옛날, 선생님이 어릴 적에는 토요일도 학교에 갔어. 월화수목금토, 일주일에 육 일이나 학교에 갔으니 가족들과 나들이 가는 게 쉽지 않았어.

요즘은 부모님들도 금요일까지만 일하는 분들이 많지만, 내가 어릴 때는 토요일까지 일했어. 어떤 날은 일요일도 직장에 나갔지. 그러니 소풍 갈 시간이 어디 있었겠어.

하지만 요즘은 다르잖아.

시간의 여유가 생겨서 주

말이면 가까운 곳으로 많이 나들이를 가잖아.

늘 하는 외출이지만, 한 달에 한 번 정도는 특별한 소풍을 계획해도 좋을 것 같아.

그래서 오늘 우리가 함께할 곳은 서울 송파구 방이동에 있는 몽촌토성이야.

몽촌토성은 올림픽공원 안에 있어서 소풍 장소로도 좋아. 길이 약 2.7킬로미터로, 백제가 국가를 형성하는 시기인 3~4세기 사이에 축조한 성이야. 사적 제 297호로 지정되어 있어.

이곳에서 우리는 역사적 장소도 보고, 넓은 산책로와 푸른 잔디가 깔린 초원에서 맘껏 뛰어놀 거야.

견학과 소풍, 별 차이도 없으면서 그냥 소풍이라고 하면 될 걸 왜 견학이라고 해서 너희들의 마음을 무겁게 하느냐고?

그것을 이해하려면 우선 견학의 뜻부터 알아야 해. 견학은 한자의 '볼 견見' 자와 '배울 학學' 자로 이루어진 말이야. 그러니까 보면서 배운다는 뜻이지.

우리가 보고 느낀 것으로 무언가를 배운다는 말이야. 예를 들어, 우리가 엄마를 따라 가는 마트에서 경제를 배우고, 극장에 영화를 보러 가서 문화를 배우잖아. 또 게임을 하면서 게임의 원리를 배우기도 하잖아. 이 모든 것을 견학이라고 할 수 있어.

그러니까 우리가 생활 속에서 체험하는 모든 것이 견학인 셈이야. 사실 우리는 매일매일 견학을 하고 있는 거야.

이렇게 풀어서 이야기하니까, 견학도 별 거 아니지?

그러니까 앞으로 견학이라는 말에 겁먹지 말고, 견학을 즐거운 놀이라고 생각해 보자. 그러면 그동안의 견학보다 더욱 더 즐거운 견학을 할 수 있을 거야.

　이제 신 나게 놀았으면 견학 일기를 써 볼 거야. 견학 일기라고 하니까 좀 어렵게 느껴지지? 하지만 견학 일기, 하나도 어렵지 않아.

　내가 보고 느낀 것을 일기로 쓰면 되니까. 견학 일기를 쓰는 이유는 내가 보고 느낀 것을 좀 더 오래도록 머릿속에 남겨 두기 위해서야.

견학 일기, 어떻게 써야 잘 썼다고 동네방네 소문이 날까?

이왕 쓰는 거 괴발개발 지렁이 기어가는 글씨로 너도 나도 강아지도 못 알아보게 쓰면 안 되겠지?

정성껏 쓰면서 그 지식을 온전히 내 것으로 만들면 좋잖아.

그럼 이제부터 견학 일기를 쉽게 쓰는 법을 알려 줄게.

그 비법은 바로 육하원칙이야.

육하원칙은 글을 쓸 때 기본이 되는 원칙으로, '누가, 언제, 어디서, 무엇을, 어떻게, 왜?'를 말해. 그럼 육하원칙을 이용해 견학 일기를 쓰는 법을 알아볼까?

누가

누구와 갔는지를 쓰는 거야.

예) 우리 가족

언제

견학을 한 날짜를 쓰는 거야.

예) 5월 3일 토요일

어디서

견학을 한 장소를 쓰는 거야.

예) 올림픽공원에 있는 몽촌토성

무엇을

무엇을 보았는지 구체적으로 쓰는 거야.

예) 백제가 국가를 형성하는 시기인 3~4세기 사이에 축조한 성과 역사관, 움집터, 전시관 등.

어떻게

견학을 어떻게 했는지를 쓰는 거야. 내가 한 행동들을 적어 주면 좋아. 내 눈이 본 것들과 내 발이 찾아다닌 곳을 적으면 되겠지?

예) 역사관을 견학한 뒤 올림픽공원을 둘러보며 산책을 했다. 중간에 배가 고파서 돗자리를 깔고 엄마가 준비해 준 김밥과 과일을 먹었다.

왜 이곳에 온 이유를 쓰는 거야. 이곳에 와서 보고 느낀 기분도 함께 써 주면 좋아. 그러니까 '왜' 부분은 이 견학 일기의 주제에 해당돼.

예) 온 가족이 역사 공부도 하고 소풍도 할 수 있으니까.

날짜 **7월 22일 일요일**　날씨 **비하고 바람이 해랑 싸워 해가 이겼어요**

제목 서울 캐릭터 라이선싱 페어에 가다

누가 우리 가족은 이모랑 삼성동에 갔다.

어디서 삼성동 코엑스에서 캐릭터 행사를 해서 간 것이다.

행사장 안은 시원했다.

무엇을 TV에서 보던 만화 주인공 인형들이 많았다.

무섭기도 하고 신기하기도 하고 재미도 있었다. 정말 많은 캐릭터가 있었다.

어떻게 우리는 캐릭터를 타 보기도 하고 만져도 보고 했다. 장난감 자동차를 타며 교통안전도 배웠다. 또 움직이는 뽀로로 인형이랑 사진도 찍었다. 특히 구슬 퍼즐이 재미있었다. 원래는 용돈으로 인형을 사려고 했는데, 구슬 퍼즐을 샀다. 기분이 좋았다.

왜 캐릭터를 직접 보고 체험도 하니까 캐릭터 나라에 온 것처럼 더 재미있고 즐거웠다.

집에 와서 동생이랑 퍼즐 놀이를 했다. 낮에 보았던 캐릭터가 자꾸만 떠올라 좋았다. 다음에 또 가고 싶다.

::서울 연희초등학교 1학년 임현빈

육하원칙으로 멋진 글쓰기

앞에서 육하원칙은 '누가, 언제, 어디서, 무엇을, 어떻게, 왜?'라는 걸 배웠지?

육하원칙은 모든 글쓰기에 필요해. 이 육하원칙을 잘 활용하면, 누구나 글쓰기를 잘할 수 있기 때문이야.

부모님이 보는 신문 기사도 이 육하원칙으로 이루어진 거야. 또 우리가 보는 동화책도 육하원칙으로 써져 있어. 우리가 친구에게 무언가를 말해 줄 때도 마찬가지로 육하원칙이 필요해.

만일 "수학 숙제를 안 해 오면 큰 벌을 받는대."라고 전해 주는데, 그 숙제가 언제까지 해 오는 것인지를 알려 주지 않는다면 상대방이 답답해하겠지?

또 신문에 사람을 찾는 광고가 올라왔는데, 찾아야 할 사람이 누구인지 알려 주지 않는다면 그 광고는 소용이 없어지겠지?

또 동화책을 읽었어. 한 소년이 가방에 돌멩이 여섯 개를 넣고 할아버지를 찾아 먼 길을 떠나는 이야기야. 그런데 왜 돌멩이를 들고 할아버지를 찾아가는지 알려 주지 않는다면 이야기가 이상해지겠지?

이처럼 육하원칙은 글쓰기에 아주 중요한 것이란다. 그럼 이제 육하원칙 글쓰기를 연습해 보자. 아래 단어를 보고 짧은 육하원칙 글짓기를 해 보자.

★ **육하원칙 제시어**

누가 **왕자**

언제 **어느 날**

어디서 **높은 탑**

무엇을 **탑에 갇힌 공주를 구했다**

어떻게 **공주의 긴 머리를 밟고 올라가**

왜 **공주와 결혼하려고**

왕자는 탑에 갇힌 공주와 결혼을 하고 싶었어. 그래서 어느 날 공주를 구하려고 공주의 긴 머리를 밟고 탑으로 올라갔어.

★ **육하원칙 제시어**

누가 왕비

언제 어느 날 오후

어디서 숲 속 난쟁이 집

무엇을 독이 든 사과

어떻게 맛있는 사과라며 공주에게 주었다

왜 공주를 잠들게 하려고

★ **육하원칙 제시어**

누가 **철수**

언제 **설날**

어디서 **외갓집**

무엇을 **세뱃돈**

어떻게 **세배**

왜 **복**

_____

_____

　지금까지 우리는 일기 쓰기에 대해 알아봤어. 일기 쓰기에 이렇게 많은 형식이 있다니, 참 놀랍지? 한편으로는 복잡하고 어렵다는 생각도 들 거야.

　일기를 꼭 이렇게 복잡한 형태로 써야 하는 건 아니야. 무엇보다도 일기는 매일 나의 생활을 기록하는 글이니, 형식에 구애받지 않고 내가 쓰고 싶은 대로 써도 돼.

　하지만 이 책에서 글 쓰는 여러 가지 방법을 알려 준 데는 이유가 있어. 또 부모님께서 일기 쓰기를 강조하는 것도 이유가 있고.

　우리는 앞으로 살아가면서 많은 종류의 글을 쓰게 돼 있어. 독후감, 견학 보고서, 편지 말고도 나중에 대학교에 가려면 논술 시험을 봐야 해. 또 대학에 들어가면 리포터라는 과제를 써야 하고, 회사에 들어가면 업무 보고서 등을 작성하게 돼.

이처럼 우리는 앞으로 수만 가지의 글을 쓰며 살아야 돼. 그러니 앞으로 우리가 써야 할 글, 못 쓰는 것보다 잘 쓰면 좋잖아. 그래서 글 쓰는 여러 가지 방법을 알려 준 거야.

모든 글쓰기의 기본이 되는 일기 쓰기를 부모님께서 강조하는 이유도 바로 이거야.

일기를 쓰면서 다양한 형태의 글쓰기를 매일매일 연습한다면, 앞으로 우리에게 어떠한 글쓰기 과제가 주어져도 척척 써 내려갈 수 있을 거야.

이 책을 읽은 여러분이 앞으로 글쓰기의 두려움에서 벗어났으면 하는 바람이야.

학교가 즐거운 일주일 일기 쓰기

초판 1쇄 발행 2013년 10월 15일

글 김숙진
그림 최선혜
펴낸이 조정희

편집 진행 장민정
디자인 손현주
마케팅 양정수

펴낸곳 도서출판 노란상상
등록번호 제2010-000027호
등록일자 2010년 1월 8일
주소 서울특별시 용산구 남영동 88-8 남영빌딩 303호
전화번호 02-797-5713
팩스 02-797-5714
전자우편 yyjune3@hanmail.net
노란상상 블로그 blog.naver.com/yyjune3

ISBN 978-89-97367-19-1 63800

이 도서의 국립중앙도서관 출판시도서목록(CIP)은 서지정보유통지원시스템 홈페이지(http://seoji.nl.go.kr)와
국가자료공동목록시스템(http://www.nl.go.kr/kolisnet)에서 이용하실 수 있습니다. (CIP제어번호: CIP2013019288)
* 책값은 뒤표지에 표시되어 있습니다.